RECVEIL DES VERS

LVGVBRES,

ET SPIRITVELS,

De Lovys de Chabans, Sr. du
Maine, Gentil homme ordinaire
de la chambre du Roy.

A PARIS,

Chez Tovssaincts dv Bray, ruë
S. Iacques aux Espics meurs, & au
Palais, en la gallerie des
Prisonniers.

M. DC. XI.

A LA ROYNE
REGENTE.

MADAME,

Il semble qu'entre toutes les
vertus Moralles celle qu'on
nomme Entregent ou Ciuili-
té, soit la plus necessaire à ceux qui viuent
dans le Monde, & principalement aux cour-
tisans, qui sont (comme les Images viuantes
du Prince) ordinairement esclairez de tout
le reste des hommes. C'est ce qui leur ap-
prend l'honneste conuersation aux bonnes
compagnies, la decence en leurs paroles, &
la bien-seance à les disposer selon le temps,
les lieux, & les personnes, leur faisant gaigner par ce moyen, le cœur de leurs égaux,
la faueur des Grands & l'oreille des Roys.
Mais quoy que ceste vertu soit (aussi bien
que les autres) toute parfaite en abstraict, &

á ij

la conside[...] en foy-mefme, fi treuue t'on
de tres-gr[...]es difficultez à la practiquer,
d'autant qu'elle eft fi proche de fes extrémes, qu'on s'y laiffe gliffer incenfiblemēt, &
fur tout en l'adulation ou flatterie, vice non
moins dommageable que commun en ce
temps dans la plus grande partie des Cours
de toute l'Europe, de forte que les gens ver-
tueux qui (fe tenans au milieu) treuuent ces
extremitez infupportables, font forcez de
s'en éloigner, n'ofant blafmer ce qui le merite, & ne pouuāt loüer ce qui ne le merite pas.
C'eft pourquoi ceux qui viuēt en France ont
grande occafion de benir le Ciel de ce qu'a-
pres leur auoir ofté le premier & le meil-
leur appuy qu'ils euffent iamais eu, il leur en
a produit vn autre, qui comme vne belle &
droite colomne commencera bien toft à
fouftenir leur Temple, & tandis les a laiffez
entre les mains de voftre Majefté, deuant
qui leurs bouches pleines de franchife, peu-
uent hardiment dire le vray fans la fafcher,
voire en luy complaifant extrémement, &
mefmes en luy donnant vne infinité d'auffi
veritables que tres belles, & tres-dignes
loüanges; de moy (MADAME,) i'en ren-
dray fidelle tefmoignage aux Ciecles les
plus reculez (au moins fi voftre Majefté me

permet de les en entretenir souz son adueu)
& leur conteray comme les vertus sont pro-
fessées en vostre Monarchie, & durant vostre Regne, non seulement auecques toute
sorte de liberté ; mais de plus qu'elles y sont
si fauorablement accueillies, que la propre
enuie a peine de le celer. Agreez doncques
(MADAME, s'il vous plaist) que ie consacre
ma plume à cét honorable dessein, & rece-
uez cependant ces premices du champ que
ie commence à défricher pour vous en offrir les moissons, ils vous doiuent estre d'au-
tãt plus acceptables qu'ils sont proprement
accommodez au têps de vostre Regence,
car ainsi qu'elle commença par les Larmes,
continuë par la Pieté, & finira par la Gloire
immortelle que Dieu vous prepare , leur
commencement est Lugubre leur progrez
Spirituel, & leur principalle fin , l'Eternité
de la memoire de vostre Majesté souz la
protection de laquelle ils sont mis,

MADAME
par,

Son tres-humble, tres-obeissant,
& tres-fidelle sujet & seruiteur,

LE MAINE.

A MONSIEVR DV MAINE,
fur ces vers Chreftiens.

SONNET.

Onorer l'Eternel & chanter fes loüanges,
C'eft l'office de l'homme, & qui n'a ce deuoir
Imprimé dans le cœur, eft indigne d'auoir,
Quelque part au trefor que poffedent les Anges.

La plus part des Efprits, (ô Vanitez eftranges)
Aux prophanes fubiets donnent tout leur fçauoir,
Heureux celuy qui change & qui peut conceuoir,
La douceur qui fe treuue en ces diuins échanges.

Le MAINE, ainfi ta Mufe en f'éleuant aux
　　Cieux.
Et chantant du Seigneur les effets glorieux,
Te fait goufter vn bien diuinement extréme.

La gloire que tes vers donnent au Createur,
Se va communiquant au nom de leur Autheur,
Parce qu'honorer Dieu ceft f'honorer foy-mefme.

NERVEZE.

STANCES.

Espuis que i'ay veu les merueilles,
Dont vos vers charment nos oreilles,
Ie suis transporté de courroux
Contre les filles de memoire:
Car ie n'ay pas subiect de croire,
D'acquerir du bruit apres vous.

Durant le cours de ceste vie,
Malgre la malice & l'enuie,
Si l'on ne veut vous faire tort,
Il faut qu'on donne à vostre stile,
La gloire qu'Homere & Virgile,
N'ont acquise qu'apres leur mort.

De moy ie suis forcé de dire,
Que c'est sottise que d'escrire,
A qui vous pense surmonter,
Ces vers sont autant de miracles,
Et Phœbus rendant ses Oracles,
Fait beaucoup de les imiter.

MEINARD.

A Monsieur du Mayne, sur ses Poësies sainctes.

Comme l'Aigle puissant sur la bande qui vole,
Iuge de ses petits, selon la foy du Pole;
Et aux rais du Soleil va consultant leurs yeux,
Ainsi pour octroyer à ta Muse la vie,
Tu esprouues ses tons à la haute harmonie,
Et l'approuues diuine, aux loüanges des Dieux.

I.G.

A MONSIEVR DV MAINE.
SONNET.

TV me ravis, (DV MAINE) il faut que ie l'auouë,
Et tes sacrez discours me touchent tellement,
Que le monde auiourd'huy ne m'est plus que bouë
Ie me tiens profané d'en parler seulement.

Ie renonce à l'Amour, ie quitte son Empire,
Et ne veux point d'excuse à mon impieté,
Si la beauté des Cieux n'est l'vnique beauté,
Dont on m'orra iamais les merueilles écrire.

Charicle se plaindra de voir si peu durer,
La forte passion qui me faisoit iurer,
Qu'ell'auroit en mes vers vne gloire eternelle.

Mais si mon iugemēt n'est point hors de son lieu,
Doy-ie estimer l'ennuy de me separer d'elle,
Autant que le plaisir de me donner à Dieu?

MALHERBE.

RECVEIL DES
VERS LVGVBRES,

Sur le trefpas de Henry
le Grand.

STANCES.

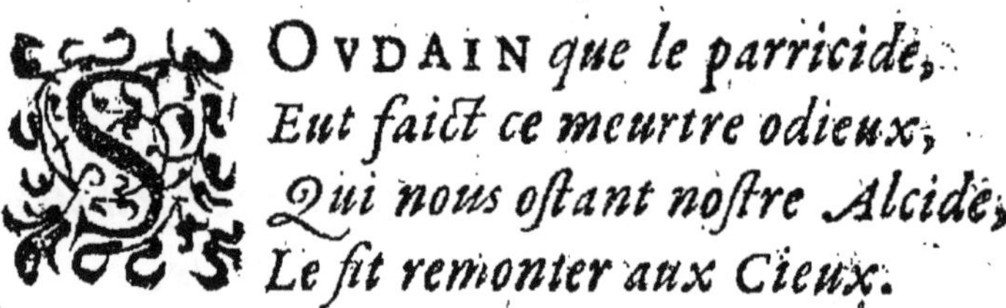

Ovdain que le parricide,
Eut faict ce meurtre odieux,
Qui nous oftant noftre Alcide,
Le fit remonter aux Cieux.

Le Feu, l'Air, la Terre & l'Onde,
Oubliant d'eftonnement,
Leur amour ciment du monde,
Alloient choir au monument.

Quand les Dieux efmeus de crainte,
De perdre tous leurs Autels,
Leur interdirent la plainte,
Pour la laiffer aux mortels.

A

La Sur tous la pauure France,
Eut tant de part au malheur,
Que viuant en sa sauffrance,
Elle mouroit de douleur.

Tant de voix blasmant la Parque,
Et partant de cris diuers,
Sembloiët pleindre en ce Monarque,
La mort de tout l'Vniuers.

Les Citez & la campagne,
Tout succomboit à ce duëil,
Mais las ! sa chere compagne,
Le vouloit suiure au cercueil.

Là iusqu'au vif entamée,
De cent mille coups diuers,
Reuenant d'estre pasmée,
Elle respira ces vers.

Pourquoy me rends tu la veuë,
O sort plus amer que doux !
Ou que ne l'as tu renduë,
Aux yeux de mon cher espoux.

Que n'auons nous passé l'onde,
En mesme heure & mesme pas,
N'ayant qu'vne vie au monde,
Peut-on auoir deux trespas ?

Nous n'auions tous deux qu'vne Ame,
Qu'vn cœur, & qu'vn sentiment,
Car l'Amant estoit la Dame,
Et la Dame estoit l'Amant.

Ainsi perdant vne vie,
Nous auons receu deux morts,
L'Ame qu'on nous a rauie,
Estant l'Ame de deux corps.

Mais quoy? ie parle esperduë,
Vn mort a-til vie & vois,
Las! mon dueil me l'a renduë,
Pour me l'oster mille fois.

Les plus grands maux qu'il me liure,
Sont quand il me veut guerir,
Car il ne me fait reuiure,
Que pour me faire mourir.

Ie ne vis que de mes plaintes,
Pour mes sens i'ay mes douleurs,
Et leurs poignantes attaintes,
Sont mes Rozes & mes fleurs.

Vous qui voulez que ie viue,
Ne me consolez donc pas:
Qui de mes peines me priue,
Me donne vn second trespas.

Que si vos ames humaines,
Ont pitié de mon tourment,
Laissez moy viure en mes peines,
Car ie ne puis autrement.

Ainsi la pauure Princesse,
Abandonnée aux douleurs,
Voyoit écouler sans cesse,
Sa vie auecques ses pleurs.

Et sa voix dolente & basse,
Fit à tous coniecturer,
Qu'elle seroit plustost lasse,
De viure que de pleurer.

REGRETS DE LA ROYNE
sur le mesme subjet.

Monophile embrassant le triste monument,
   Qui r'enfermoit son Ame, aupres de son Amăt,
Et de ses flames sainctes:
Perça l'Air de souspirs, & la Terre de pleurs,
Au moins sensibles corps, fit sentir ses douleurs,
Et respira ces plainctes.

Quoy dōc ombreux manoir, les Roches & les Bois,
Ioignent leur triste plainte, à ma dolente vois,

Et tu n'y veux entendre:
Las! si tu ne te fends, pour me rendre mon cœur,
Fends toy pour receuoir, aupres de son vainqueur,
Le reste de ma cendre.

Veux tu rompre les Loix, à quoy le Ciel m'astraint?
Dissoudras tu le nœud, qu'Amour auoit estraint?
O non! i'ay vn remede:
Ie vay rompre celuy, qui tient mon corps viuant,
Car la vie oste icy, des choses bien souuent,
Que la mort nous concede.

Ie veux fuyr la vie, & suiure le trespas,
C'est mourir mille fois, que de ne mourir pas,
Quand nostre ioye est morte:
Ie veux, Ie veux mourir pour suiure mon espoux,
Le viure m'en empesche, & le mourir plus doux,
M'en ouurira la porte.

N'attends plus le decret des paresseux Destins,
O mort! touche mon cœur, blesse mes Intestins,
De ta fléche pointuë:
Mort donne moy la mort, afin de me guerir,
Hé! que la mort est douce, Hé! qu'il fait bon mourir,
Quand le viure nous tuë.

Fais que i'aille treuuer mon espoux en deux lieux,
Le corps dans le sepulchre, & l'Ame dãs les Cieux,
Attainte de tes Armes:

A iij

Fais moy pleurer mon sang, luy chãgeant de couleur,
Puis que les cœurs blessez, d'Amour ou de douleur,
Ne saignent que des larmes.

A ces tristes accens, les hommes & les Dieux,
Sentirent sur la Terre, & là haut dans les Cieux,
Des douleurs nompareilles:
Pluton & la mort mesme, en eussent eu pitié,
Si pour les cris tesmoins d'vne saincte amitié,
Ils auoient des oreilles.

Quand l'ombre du deffunct, oyãt ces bruits diuers
Iusqu'à ce champ là bas, ou sous les Myrthes vers,
Nos peines sont esteintes:
Eut congé de venir, sur l'Aile des zephirs,
Reuoir sa Monophile, arrester ses souspirs,
Et luy faire ces plaintes.

Pourquoy veux-tu des morts, empescher le repos?
Cesse tes pleurs m'Amie, & laisse en paix mes Os,
En leur sombre demeure;
Quoy! veux-tu donc (mourãt, auant l'Arrest du sort)
Faire qu'en ta personne, encore apres ma mort,
Vne autre fois ie meure?

Que veux tu plus mourir, ne sçais tu pas qu'amour,
Nous auoit tant vnis, qu'en me priuant du iour,
Ont a l'Ame rauie,
Et que par mesme Loy, ie reuis en ton corps, (mors?
Si bien qu'en mesme temps, nous sommes tous deux

Et tous deux plains de vie.

Que si doncques ma mort, est vn double trespas,
Vis d'vne double vie, & pour guider mes pas,
Au trauers ces tenebres,
Fais que de noſtre Himen, & d'Amour les Flābeaux
Auecques les deux tiens, plus ſacrez & plus beaux,
Soient mes Torches funebres.

Vis pour deux en ce mōde, & tandis ie m'en vois,
Viure de meſme en l'autre, où i'entends vne voix
Qui m'appelle à la Gloire:
Vis chere Ame, & viuant, tien pour tes ſeuls obiects,
La crainte de nos Dieux, nos Enfans, nos Subiets,
Et moy dans ta memoire.

A ces mots il s'enuolle, auſſi toſt qu'vn penſer,
De ſorte que ſa Dame, en cuidant l'embraſſer,
N'embraſſa que la Nuë:
Elle euſt haſté le cours de ſes iours limitez,
Pour s'en aller apres, ſi les Fatalitez,
Ne l'euſſent retenuë.

Mais voyāt que la Terre, & le Ciel l'empeſchoient,
De deſcendre ſi toſt, aux lieux qui luy cachoient,
Ses pertes regrettables:
Par Raiſon ou par Force, elle creuſt ſon Amant,
Ou du moins nous voila d'vn ſeint allegement,
Ses douleurs veritables.

A iiij

SVR LE MESME SVBIET.

SONNET.

ENRY ce grand Monarque, ou plustost ce grand Mars,
Sous ses Palmes fit croistre icy bas nos Oliues,
Puis ayant r'asseuré les Nymphes de ces Riues,
R'assembla leurs Troupeaux, si longuement espars.

Mais bien tost ennuyé de voir loing des Hazards
Ses Forces demeurer trop mollement oisiues,
Malgré sa douce humeur qui les tenoit captiues;
Il mit encore au poing les Foudres & les Dards.

Cet acte fit glacer d'vn tel Effroy le Monde,
Que Bellonne entourna, toute la masse ronde,
Sans pouuoir allumer vn seul de ses Flambeaux.

Quand ayant veu trembler, la Terre de la sorte:
Il cessa d'estimer les Lauriers qu'elle porte,
Et monta dans le Ciel, en cueillir de plus beaux.

A FLORIS SVR LA
maladie de Philis.

SONNET.

Ourquoy voit-on ces yeux, außi tristes que
      beaux,
Produire a mesme temps, des Eaux, & de la Flamme?
Quoy! belle voulez-vous, que desormais vne Ame,
Se noyant dans les Feux, se brusle dans les Eaux?

Des Flames ou des Mers, que iettēt vos Flābeaux,
Vous tuez mille Amants, pour sauuer vne Dame,
Et pour defendre vn corps, de la funeste Lame,
Vous en iettez plusieurs, dās le seing des Tombeaux.

Seruez-vous de ces feux, puis que ce sont vos
      Armes:
Mais ne vous seruez plus, de ce Torrent de Larmes,
Qui ne peut arrester, vostre Amie en ces Lieux:

Elle n'y pouuoit estre, & n'estre que seconde,
Puis que vous l'empeschez d'estre Phenix au Monde
Il faut qu'elle s'en aille, estre Phenix aux Cieux.

REGRETS DE LA MESME
Floris, sur le trespas de son amie.

Vand Floris vit que son Amie
D'vn somme de fer endormie,
Eut rendu sa belle Ame aux Cieux,
Elle oublia l'obeissance,
Et de sa Bouche & de ses yeux,
Murmura contre leur puissance.

Tout ce que peut dire vne Bouche,
Quand vn grand déplaisir nous touche
Fut par elle dit tant de fois,
Qu'on pensoit que toute la France,
Employant vne seulle voix,
Se lamentoit de ceste offence.

Pour ses beaus yeux? fondus en larmes,
Ils alloient donnant les allarmes,
Que donne l'humide Element,
Puis (en des Feux) changeant leur Onde,
D'vn general embrasement,
Effrayoient tous les cœurs du Monde.

Quand les Dieux quittãt leur Empire,
La vindrent treuuer pour luy dire
(Touchez de crainte & de remors,)

Belle il faut que Philis soit noſtre,
Noſtre Regne eſt ſur tous les Morts,
Et tous les viuants ſont du voſtre.

Contentez-vous de ce partage,
Nous peuplerons voſtre heritage
Donnant à force hommes le iour,
Et vous par des effets contraires,
En les faiſant mourir d'Amour,
Nous rendrez force tributaires.

Cet offre la rendit contente,
Iugeant vaine auſſi bien l'attente,
De reuoir Philis en ces Lieux,
Et depuis ceſte Loy cruelle,
Elle fait mourir pour les Dieux,
Tout ce qu'il font naiſtre pour elle.

EPITAPHE DE PHILLIS
grauée sur son Tombeau.

Q Vand la mort de sang alterée,
Eut à Philis fermé les yeux,
Ostant à la France esplorée
Ce qui l'eust faite égale aux Cieux,
Son Amant de ses mesmes Armes
S'outragea de cent coups diuers,
Et puis se noyant dans ses Larmes
En mourant escriuit ces vers,
Tout ce que la machine ronde
Eut de plus sage, & de plus beau,
S'enuole au Ciel & sort du Monde
Par la porte de ce Tombeau.

SVR LE TRESPAS DE MADAME
la Duchesse des deux Ponts.

STANCES.

G Rand Astre demeure sous l'Onde,
Fais de ton Lict ton Monument:
Car celle dont la tresse blonde,

T'estoit ce qu'est la tienne au Monde,
Außi bien n'a plus mouuement:

   Les morts oyãt qu'en faueur d'elle,
Tu luisois sur nostre Orizon,
L'ont rauie, ô triste nouuelle!
Sçachant bien que tu lairois Delle
Pour luire en leur basse Maison.

   Mais, ô Dieux! les folles enuies,
Sysiphe leur monstroit-il pas
Combien de maux causent deux vies
Leur monstrant les siennes suiuies,
De tant de rigoureux Trépas?

   Vous reuiurez, ô trouppe morte!
Phœbus vous va rendre le iour:
Mais (le guidant à vostre porte)
La belle à mesme temps vous porte,
Ce grand homicide, l'Amour.

   Il est descendu sous la Terre,
Nous quittant, & quittãt les Dieux,
Car (pour vous commencer la Guerre
Entrant au Tombeau qui l'enserre)
Elle l'enferma dans ses yeux.

   Beaux yeux qui furent à mesme heure,
De ce grand Dieu porte Flambeau,
Le Berceau, le Lict, la Demeure,

Et qui feront s'il faut qu'il meure,
Sa Biere encore, & son Tombeau.

Ainſi bien que l'on vous r'anime,
Vous ne ſerez-pas immortels
Car en puniſſant voſtre crime
Ses beautez (comme vne victime)
Vous bruſleront ſur leurs Autels.

Et lors, ò trouppe in'aſſouuie,
Sans profit ſera voſtre effort,
Si celle qu'il nous a rauie,
Ne vous va redonnant la Vie,
Que pour vous redonner la Mort.

Laiſſez donc en paix voſtre cendre,
Et tandis Apollon (en vain)
N'ira chez voſtre Roy deſcendre,
Ains ſe fera ſa Dame rendre,
Comme fit iadis le Thebain.

Fais le grand Phœbus, prends ta Lyre,
Et ſi tu as iadis chanté,
Pour vaincre vn malheureux Satyre,
Chante pour reſtaurer l'Empire,
De l'Amour & de la Beauté.

Charme là bas ce Roy des flames,
Charme ſon courroux violent,
Charme le Nautonnier des Ames,

Et charme encore icy les Lames,
Qui nous vont ce beau corps voilant.

Toute l'infernalle manie,
Abandonnera ses rigueurs:
Car tout cede à ton harmonie,
Et ta main habille manie,
Au coup les cordes & les cœurs.

Mais dans quels frenetiques charmes,
Vay-ie ainsi perdant ma Raison,
Moy qui deurois en ces Allarmes
Perdre dans le flots de mes Larmes,
Tout ce qui voit mon Orison.

Belle, on ne t'a pas emmenée,
Pour te r'amener en ces Lieux,
Ie sçay bien que la Destinée,
Te promit dés que tu fus née,
Vne place au plus haut des Cieux:

Là ce grand Dieu de la lumiere,
Que I'inuoque pour te r'auoir,
Oubliant mon humble priere
Oublie encore sa carriere,
Tant il est rauy de te voir.

Ainsi les morts (en leur vallée)
Ne t'ont pas pour les r'animer,

Ains les immortels t'ont vollée,
A noſtre Terre deſolée
Pour les faire mourir d'aimer.

De ſorte qu'il faut que ie die,
Qu'Atropos iouë en vn ſeul iour,
Vne bien dure Tragedie,
Puis que tu meurs de Maladie,
Nous de Dueil, & les Dieux d'Amour.

A MADAMOISELLE DE
Rohan, ſur le meſme ſujet.

C'Eſt trop long temps changer d'vſage à vos
    beaux yeux,
Ils ſont faits pour bruſler, non pour noyer le Monde,
Le Feu nous doit punir par le decret des Cieux,
Et vous nous remettez à la mercy de l'Onde.

Perdre vne telle Sœur en ſa ieune ſaiſon
Doit cauſer (Ie l'aduouë) vne douleur bien forte,
Mais ſi ne faut il pas contre toute Raiſon,
Noyer tant de viuans pour pleurer vne Morte.

Qui d'Amour (deſormais) addreſſera les pas,
Puis qu'il a dans les Cieux perdu ſes deux Lumieres?
Celles

Celles de voſtre ſœur dans laNuict du treſpas,
Et les voſtres dans l'Eau de leurs triſtes Riuieres.

Il me ſemble des-ia le voir touchant des Mains,
Qui ne ſçait en quel lieu poſer ſon pied timide:
Puis l'ouyr s'eſcriant aux Dieux & aux humains,
Helas ! ayez pitié d'vn aueugle ſans guide.

Belle, ayez en du ſoing, rendez luy vos clartez,
Vous ferez de ſes traits mille belles pointures,
Que s'il n'eſt rien ſans vous, vous & tãt de beautez,
N'eſtes auſſi ſans luy que des froides peintures.

Puis que ſert de crier ſur vn paſle cercueil,
La mort ne peut ſentir (de vos regrets) l'attainte,
Car ainſi qu'en frapant elle ſe ferme l'œil,
Elle ferme l'oreille auſſi toſt à la plainte.

Et quand elle entendroit, vous peut-elle alleger?
Feroit-elle (du Ciel) voſtre ſœur redeſcendre?
Non, ſon ordre eſt fatal & ne ſçauroit changer,
Elle peut bien oſter, mais elle ne peut rendre.

Peut eſtre auez vous peur d'auoir manque des
    feux,
Dont vous embraſiez tout, vous & vos deux ſecõdes,
Mais c'eſt craindre ſans cauſe eſtans encore deux,
Car vne ſeule en a pour bruſler mille Mondes.

Chaſſez donques cespleurs cõme enuieux ialoux

B

Ou si tousiours pleurer sied bien aux belles Dames,
Ne pleurez pas les morts qui reuiuent en vous,
Mais pleurez les viuans qui meurent dans vos
    flames.

SVR L'ESTOILLE QVI
presagea le trespas de Damon.

STANCES.

QV'on ne consulte plus oracle ne Dæmon
Pour sçauoir quelle Estoille aparut en la Nuë,
Tout ce qui recognoist la perte de Damon,
    Ne l'a que trop cognuë.

C'est Venus qui voyant son deplorable sort,
Toute pleine de dueil pencha bas le visage,
Et l'acte qu'elle fit en pleurant ceste mort,
    Luy seruit de presage.

Las! qui luy voyât faire au midy d'vn beau Iour:
L'office de Commete Ambassade importune,
N'eust veu tout clairement que le Regne d'Amour,
    Aloit courir fortune.

Elle blasmoit ce meurtre auant qu'en voir l'effect,
Mais qui n'a d'yeux pour voir ces pertes nõpareilles,
(Pour escouter apres le regret qu'on en fait,)
    N'a point aussi d'oreilles.

La Parque executa ce decret mal'heureux,
Et Venus la treuua moins sensible à ses plainctes,
Que n'est son fils Amour au recit douloureux,
De nos viues Attaintes.

Mais quoy? grande Venus, toy qui peux sur les
    Dieux,
Ne pouuois-tu garder la Mort de le surprendre?
O non tu t'amusois à faire les doux yeux,
Et non à le defendre.

Le voyant si parfait, tu iettois des regards,
Sur ses yeux, qui des tiens les fléches repoulserent,
Et lors tu te seruis de ces malheureux dards,
Qui soudain le blesserent.

Pour l'a voir dans les Cieux tu l'ostas aux mortels,
Mais ce qui fait çà bas que le monde souspire,
A tout d'vn mesme coup renuersé tes Autels,
Et destruit ton Empire.

Car ton fils (qu'il souloit fournir d'Arc & de traicts)
S'est r'enfermé pour faire vne eternelle plaincte,
Dans vn Temple où ce corps iadis si plain d'attraits,
Sert de Relique saincte.

Là ce flambeau fatal dont il bruloit d'Amour,
'Essence des grands Dieux & l'humaine nature,
e sert plus qu'à Damon pour bruler nuict & iour
euant sa sepulture.

B ij

LES LARMES DE PANTHEE,
sur le Tombeau de Damon.

STANCES.

VOy? mon vnique & doux flambeau,
Seras-tu pour iamais soubs l'onde?
Faut-il qu'vn si petit tombeau,
Cache vn si grand Soleil au monde?

Non, ce n'est pas vn monument
Qui te r'enferme dans ses voilles,
Il n'appartient qu'au firmament,
De porter de telles Estoilles.

Puis mon Ame qui suit ton corps,
Seroit dans vne sepulture
Où rien ne loge que les morts,
Suiuant les Loix de la Nature.

D'ailleurs, ces maisons de soucy,
N'ont que leurs dehors aggreables,
Et le dedans de celle icy,
Cache des beautez adorables.

Qui que tu sois (au nom d'Amour)
Logis des graces & des charmes,

Ouure toy pour rendre le iour,
A mes yeux submergez de larmes.

Que si trop solide & trop fort,
Ta durté me fait resistance,
Mēs pleurs qui fléchiroient la Mort,
Amoliront bien ton Essence.

SVR LE TRESPAS DV
mesme Damon.

ELEGIE.

LEs filles de la nuit, ces fatalles compagnes
N'auoient du Beau Damon l'honneur de nos
    Montagnes,
Encore de vuidé que la moitié des iours,
Quand le poison des cœurs & la mort des Amours.
Ceste ame qui ne plaist qu'aux ames imparfaites,
Et qui n'a de logis que dans les folles testes,
Qui pour n'estre inuitée aux nopces de Thetis,
Rendit les hauts Troyens si bas & si petits.
Tournant ses yeux ternis, dans ses paupieres mortes
Voit l'heur de ce Berger fleurir en mille sortes,
Lors se mordant la leure, & de rage arrachant
Le poil tords qui sa teste horrible va cachant;

Elle va conspirant la fin de ceste vie,
Et pour mener à bout sa miserable enuie,
Elle s'en va treuuer la Parque dont les mains,
Gardēt ces fiers cizeaux les meurtriers des humains:
La pouſſant des poulmons vne voix gemiſſante,
Vers la dure Atropos, ſa leure palliſſante,
Arrange ainſi ces mots, toy qui dans l'Vniuers,
Peux changer tous les traits de tant d'Eſtres diuers,
Puiſſance priuatiue à qui ſeule auant naiſtre
Chacun doit ſon neant pour tribut de ſon Eſtre:
Ie te viens auertir que ſi ta forte main,
Ne ſecourt promptement le futur genre humain,
Et ſi de tes deux ſœurs tu vas ſuiuant les traces,
On le verra priué de beautez & de graces:
Car elles ont vny tout le bien, tout l'honneur,
Et tous les beaux treſors que le Ciel grand donneur,
Reſſerroit de long temps ſous ſa voûte feconde,
Pour eſpancher apres égallement au monde:
Puis de là vont filant des iours pour vn berger,
En qui tous ces beaux dons elles veulent loger:
De façon que ſi l'œuure eſt gueres plus ſuiuie,
Il faut que la nature en demeure appauurie:
Ainſi donc la Diſcorde en filant ſon diſcours,
(Pour faire que la Mort vouluſt trencher le cours,
Des beaux ans de Damon) le luy fit bien comprendre,
Mais non iamais reſoudre à l'oſer entre-prendre:
Ce que voyant la fiere, elle ne laiſſa pas,
Encores le deſſein d'auancer ce treſpas,

Ains par-courant le rond de la Terre, & de l'onde,
Elle cherche par tout auoir si ce bas Monde,
Auroit point enfanté par vn malheureux Sort,
Quelque enfant plus cruel que la cruelle Mort:
Elle le treuue en fin (ô damnable courage)
Et coulant dans sa teste vn Serpenteau de rage,
Vn d'ire, vn de despit, & plusieurs de fureur,
Elle le rendit tel que sa cruelle erreur,
Le pouuoit desirer : & de fait sa manie
Au milieu d'vne grande, & saincte compagnie,
Luy fit (sans craindre Loix, hōmes, Dieux ny dāger)
Attenter follement sur ce pauure Berger,
Il l'attaque, il le blesse, & d'vne main traistresse,
Le fait tomber aux pieds de sa pauure maistresse,
De la belle Panthee, helas! qui trespassoit,
De laisser son Amant, de voir qu'il la laissoit,
De voir qu'elle deuoit, ou reprendre son Ame,
Ou bien l'enseuelir sous vne froide Lame,
Ces deux maux sont deux morts, & le plus vehemēt,
Pour l'Amante, est qu'il faut suruiure à son Amant,
Pardonne moy Damon, si ma plume legere,
M'emporte à contempler ta dolente Bergere,
Ie m'en reuois à toy, ce pauure homme mourant,
Et voyant que Panthee apres luy va courant,
I'entends vers le trespas, ne sçait de quelle sorte,
Des trois morts il mourra, ñe qui sera plus forte,
Ou la douleur de voir sa Dame s'atrister,
Ou l'extréme douleur qu'il a de la quitter,

B iiij

Ou celle que luy fait sa blesseure nouuelle,
Qui luy semble pourtant des trois la moins cruelle,
L'vne fait de son Corps sa belle Ame partir,
Et les autres du cœur ces paroles sortir:
Ie ne veux pas blasmer de ce traistre l'enuie,
Pour auoir (ô Panthee) attenté sur ma vie,
Mais ie le veux blasmer pour auoir de son traict
En offensant mon cœur, offencé ton pourtrait:
Beau Portrait qui viuant en vne autre Nature,
Fit douter s'il estoit, Panthee ou sa peinture:
Ie plains aussi (ma Belle) & c'est tout mon émoy,
Que ton Ame par force auiourd'huy sort de moy,
Et que la mienne aussi, de ta poitrine sorte
Par le mesme Accident & de la mesme sorte:
Ainsi l'Ame d'vn mort sortira d'vn viuant,
Et le viuant du mort l'Ame yra receuant:
Que si ie la retiens plus grand miracle arriue,
Car (toy viuante) vn mort de ton Ame te priue,
Et le Ciel estonné, contre ses loix verra,
Qu'vn mort, (dans le sepulchre) vn viuãt portera:
I'auray receu du Loup seul la fiere morsure,
Et ton Ame en aura quand & moy la blessure,
Las! pauuret ie seray l'oppresseur, l'oppressé,
L'enterré, le tumbeau, le blesseur, le blessé,
Là renuersant le cours & l'ordre de nature,
Ton Amant te sera, Mort, Biere & Sepulture,
On peut estre tout mort, reuiura ton Amant,
Puis qu'vne Ame en vn corps le corps va r'animãt,

Et viuant tu mourras, car, helas chere Dame,
La seulle mort du corps, est l'absence de l'Ame,
Et sur toy tombera, tout le courroux du sort,
Si tu meurs de ma vie, & ie vis de ta mort.
Ne le permettez pas, ô Diuines essences,
Ne monstrez pas icy l'effet de vos puissances,
Que si mon trespas doit enfanter en ces lieux,
Quelque admirable effet du grand pouuoir des
Faites que mon esprit au lieu des Elisees,   (Dieux,
Viue aux champs ombragez de ses tresses frisees;
Que mes Cieux soient ses yeux & mon seiour fatal,
Son beau front qui d'Amour est le pays natal,
Qu'au lieu des flots d'oubly que trauerßēt les Ames
Sur les flots du beau sein, de ce Phœnix des Dames,
Pour iamais ie m'oublie, & qu'en fin les saisons
Sortent plutost des ans que moy de ses Prisons,
Si l'on nomme prison ce Paradis de grace:
Car tout est Paradis, où les grands Dieux ont place.
Il eust continué : mais le cruel effort,
Qui se faisoit dans luy d'Amour & de la Mort,
Arresta son discours, car la mort vouloit prendre,
L'Ame de la Bergere, Amour la vouloit rendre,
Laissant celle à la mort, qui tribut luy deuoit
Dans le corps de la belle où logée il l'auoit,
Mais la mort n'eust ozé faire vn tel sacrilege,
De la prendre en ce lieu, n'en ayant Priuilege.
Enfin les Dieux puissans qui veulent que leurs loix
S'obseruent aussi tost qu'on peut ouir leurs voix,

Terminant tout au coup la dispute nouuelle,
Les douleurs du Berger, & l'espoir de la belle:
Font que l'Amour rompât ce nœud sainctement fort
Rend son Ame à la Dame, & puis l'autre à la Mort.
Cet eschange subit ne se fust peu cognoistre,
Sans ce que la douleur qui commence à renaistre,
Dans le cœur de l'Amante, à ce mesme moment,
Nous asseura sa vie, & la mort de l'Amant,
Encor, à tous les deux iugeoit-on à grand peine,
Qui de vie ou de mort estoit la plus certaine:
Car l'vn n'auoit de mort, que la seule couleur,
Et l'autre de viuant que la seule douleur.
Où prendray-ie des mots pour d'vne voix hardie,
Entonner le discours, de ceste Tragedie?
Quelle organe assez forte auiuera le son,
Qu'il faut pour reciter ma mourante chanson?
Panthé, és tu d'auis que i'escriue tes plaintes,
Veux tu bien voir tracer tes mortelles attaintes,
Mon Encre soit tes pleurs, tes souspirs soient mes
Et mon papier sera tout ce grand Vniuers: (vers,
Lors (plustost qu'acheuer), les roulantes Annees,
Acheueront le temps, plustost les Destinées,
Cesseront d'ordonner, que moy d'escrire pleurs,
Regrets, sanglots, souspirs, cris, plaintes & douleurs.

Fin des vers Lugubres.

RECVEIL DES
VERS SPIRITVELS.

POEME DE NOSTREDAME
de Mont-aigu.

Seul & vray Parnaſſe, ô Montagne
   feconde,
Où germa le beau Fruit, qui nourriſt
   tout le monde,
O Pegaze, ô torrent, qu'on ne peut
   conceuoir,
Mais qui donnes la Grace, auecques le ſçauoir:
O Muſe, ou pour mieux dire, ô Vierge groſſe & Mere
Et qui Fille & Nourrice, as alaité ton Pere,
Remplis d'vn beau proget, ma ceruelle & mon ſein,
Guide auiourd'huy ma plume, & cõduis mõ deſſein,
Apreuue au ciel le væu, qu'icy bas ie reſpire,
Et vueilles moy dicter, ce que ie veux eſcrire,
A ce que fait plus pront, que l'aile du penſer,
I'acheue le diſcours, que ie vay commençer,
L'homme Dieu le Dieu S. le grãd Verbe des Verbes,
Qui fit les cieux, les Airs, l'Eau, la Terre, & les
   Herbes,

Qui nay d'vn ventre heureux, fait aussi de sa main
Sans cesser d'estre Dieu, commença d'estre humain:
Ce Pere de sa Mere, est Fils de son ouurage,
Qui seruant ses subiets, les osta de seruage,
Ayant mis dans le Ciel, où viuent ses Amis,
Celle qui sur la terre, autrefois l'auoit mis,
L'ayant dis-ie esleuée au feste de la Gloire,
Voulust aussi qu'au monde, on gardast sa Memoire,
Ce qu'il fit obseruer, si bien de mieux en mieux,
Que l'homme sur la Terre, & l'Ange dãs les Cieux,
L'honorent à l'enuy, mais en diuers vsages,
L'vn en son propre corps, & l'autre en ses images,
Et parce qu'icy bas, l'homme n'a qu'en Pourtraits,
Ce que l'Ange a là haut, en tous ses mesmes traits,
Le fils fait en reuanche, (aux lieux où le fidelle,
Va reuerant sa Mere, auec vn ardant zele,)
Tousiours quelque Miracle, & fait tousiours pleuuoir
Quelque grace nouuelle, à fin qu'on puisse voir,
Que seruant à sa Mere, on le sert à luy mesme,
Et qu'on aime le Maistre, en aimant ce qu'il aime:
Laurette, Mont-sarra, Siéne, Florence, & l'Arc,
Louuigne, & les Citez, de S. Pierre, & S. Marc,
Chartres, Liesse, Agens, Signac, Bonnes nouuelles,
Saumur, Roquemadoù, Saragosse, & Brucelles,
Laken, Viluoirde, & Hal, qu'on oit tant estimer,
Tongre, Chieure, Cambron, Malines, S. Omer,
Sceute, Alsembergue, Ansuig, Lede, Asselare, Grasse:
Et Louuain, sont tous lieuz, où de long tẽps sa grace,

Est concedée à ceux qui les vont visiter,
Et deuots Pelerins leurs vœux y presenter:
Là sans cesse il appreuue, & reçoit les hommages,
Qu'on presente à sa Mere, en ses sainctes images,
Là tous ceux qui l'oñt creu, vont en humilité,
Sinon tous en effet, du moins en volonté,
Fors quelques noue aux nays, qu'vne Ame errante
    & folle,
A comme ensorcellez de son erreur friuolle,
Gens toutesfois si vains, qu'ils ont osé blasmer,
Nos Peres d'ignorance & contr'eux blasphemer,
Nos images sacrez appeller des idolles,
Et combattre Dieu mesme, auecques ses parolles,
Ceux-là seuls auiourd'huy, cõfessent le Fils de Dieu,
Sans honorer aussi la Mere en quelque lieu,
Mais ce Dieu, qui iadis, comme au Ciecle où nous
    sommes,
Tousiours luy-mesme en tout, cherche à sauuer les
    hommes,
Les voulant attirer à ce iuste deuoir,
Et leur monstrer le iour, qu'ils refusent de voir,
Pres les lieux où plus fort, leur erreur frenetique,
Esclate à tous propos, vn propos heretique,
Contre la saincte Dame, & nostre intention,
Nommant idolatrie, vne saincte action,
A tout deuant leurs yeux, & ioignant leurs oreilles,
Fait au nom de sa Mere, vn monde de merueilles.
Or le lieu qu'il a pris, pour cet effet heureux,

Est au bord de l'Europe, au Brabant froidureux,
Où Caliste est tousiours, de peur d'estre baignée,
Au moins cinquante pas, de la Mer éloignee,
Pres de Dist, vne lieuë, & de Sichen vn cart.
Au milieu d'vn desert, qu'en deux Demere part,
Sur vn petit coutau de fort peu d'aparance,
Nommé Scherpenheuel, ou Montaigut en Frāce,
Là de tout tēps estoit, contre vn grand Chesne vieux
Vne image en l'honneur de la Reine des cieux,
Nul ne cognent le lieu, dont elle estoit venuë,
Mais sa vertu, de tous estoit bien reconneuë,
Et les Bergers voisins de ce lieu deserté,
La venoient visiter en grand' humilité,
Mesme vn d'eux la treuuant de l'Arbre destachée,
La voulut emporter, & ia l'auoit cachee,
Quand Dieu qui veut qu'on l'ayme auec humilité,
Punit ce sacrilege, & sa temerité,
Donnant en mesme temps, vn tel poix à l'Image,
Qu'il tomba sous le faix, sans force & sans courage,
Et crois qu'il y fut mort, mais son maistre arriua,
Qui luy trouuant l'image, aisément la leua,
La remit dans le Chesne, & par ce sainct office,
Remit l'homme en estat, de luy faire seruice:
Ce miracle y mena, force gens dés ce iour,
Qui trauaillez de fiebure, estoient sains au retour,
Mais l'an mille cinq cens & huitente, ces Terres
Prises des ennemis, par le trouble des guerres,
Perdirent leur image, & furent bien sept Ans,

Sans en auoir du tout, à la fin duquel temps,
Vn bon homme habitant en la ville prochaine,
(D'vne femme) en eut vne, & la remit au Chefne,
Là depuis iufqu'à l'an mille fix cens & deux,
Les Miracles frequents, ont confirmé les vœux,
Et mefme en cet An là que le peuple à grand fefte,
Y trouuoit guerifon, d'vn fort grand mal de tefte,
Ce qui meut vn Curé, proche voifin du lieu,
D'y faire vne chapelle, à la Mere de Dieu,
Comme il fit, & prenant l'Image venerable,
A mefme heure la mit, au lieu plus honorable,
C'eft lors que tout a fait les Cieux furent Ouuers,
Pour honorer ce lieu de Miracles diuers,
Et qu'on peut dire aux gens, du plus grãd des Pro-
Allez & racontez les chofes qui font faictes, (phetes
Les Aueugles, les Sourds, les Ladres, les Boiteux,
Sont gueris, & chacun, voit le Miracle en eux,
Car depuis ce iour là, iufqu'au iour où nous fommes
Par Miracle on a veu, foit Femmes, ou foit Hõmes,
Quatre Aueugles, deux Sourds, vn Ladre, & trois
    Perclus,
Sept Boiteux, fept Demaulx, dont l'on n'efperoit
    plus,
Deux d'vn grand flux de fãg, quatre Paralitiques,
Neuf de cheute & Rõpure, vn aux mẽbres Etiques,
Vn de l'Apoplexie, vn vn grand mal aux yeux,
Six de playe incurable, ou d'vlcere bien vieux,
Deux du grand mal Caduque, vn Incensé volage,

Reuenir, tous gueris du Sainct pelerinage,
Mesme on à veu (mangeant, vn peu du bois cassé,
De ce Chesne où pendoit l'image au temps passé,)
Miraculeusement vne fille affligée,
De trois Esprits malins, estre à coup soulagée:
Ces Miracles sont vrais, cognus & assurez,
Et de force tesmoings tretous bien auerez,
Dont les procés verbaux, en formes authentiques,
Ferment à tous propos la bouche aux Heretiques:
D'autres sont asseurez par les mesmes tesmoings,
Que nous ne deuons pas, estimer gueres moins:
Le premier est qu'vn iour, on vit, touchant l'Image,
Quatre goutes de sang luy sortir du visage,
L'autre est qu'vn Malheureux, se mocquant du bon
    vœu,
Eut à coup tant de mal, qu'il pensoit estre au feu,
Mais il guerit son Corps, & nettoya son Ame,
Venant au lieu Sacré, prier la Saincte Dame:
Et l'autre qu'vn Soldat, qui vouloit affliger,
Les Pauures Pelerins, & le lieu saccager,
D'vn grand coup d'Arquebuze eust les iambes Cas-
Et son dessein borné, dans ses folles pensées: (sees,
Il s'est encore là, fait bonne quantité,
De miracles tres grands, desquelz la verité,
N'est encore auerée auecque assez de preuue,
Mais qui fidellement de iour en iour se treuue,
Entre lesquels ceux cy (desia sont recognus)
Pour estre au mesme temps, certainement venus,

C'est

C'eſt qu'au vœu d'vne Mere, vn Mort nay reſſuſcite,
Reſte Aueugle, & puis voit, quand l'Egliſe il viſite:
Trois d'vn grand mal Caduc, quatre tous Impotès,
Cinq de grand maladie, vn Muet de tout temps,
Vn de fiſtules plein, vn touſiours en foibleſſe,
    Deux Aueugles, vn autre à qui le poiſon bleſſe
Le Cœur, les inteſtins, & luy ternit les yeux;
Et deux Pauures Rompus, ſont gueris en ces lieux.
Non aux lieux ſeulemẽt, il ſe fait des Merueilles,
Ains le Bois du vieux Cheſne, en fait de nõpareil-
        les,
Vn Pauure Hõme en ayãt, vn image en ſes mains,
Fut ſauué tout à coup, du grãd fleau des humains,
Et pàr vne autre encore, vne deuote Femme,
Sauua, graces à Dieu, ſa ville d'vne Flame:
Vne Pauure Huguenote, ayant grãd mal aux Dẽts,
Et metant vne croix de ce Bois au dedans,
En guerit tout ſoudain, lors quittànt l'hereſie,
Elle en guerit auſſi ſa pauure fantaiſie:
Mais vn autre Huguenot, incredule, obſtiné,
Fut bien plus Malheureux, car ayant amené
Son Aueugle cheual, prez la ſaincte Chappelle,
Et blaſphemant ſans ceſſe, à coup cet infidelle,
(O iugement de Dieu, plein de toute equité,)
Vit reuoir ſon cheual, & perdit la Clarté:
Ainſi punit le Ciel, cet autre Capanée,
Malheureux eſt le corps, d'vne Ame abandonnée,
Voila l'hiſtoire au vray, de Mont-aigu le ſainct.

                                        C

Que si mon stile bas, l'a bassement dépeint,
Ie n'ay pourtant obmis les choses profitables,
Et n'en ay point escrit, qui ne soient veritables,
N'ayant eu pour mon but, que la gloire de Dieu,
L'honneur de son Espouse, & le recit du lieu:
Toy Vierge à qui ie dois, l'honeur de mon ouurage,
Souffre que ie l'apende, aux Pieds de ton Image,
C'est toy qui l'as fait naistre en mon intention,
Fais-le viure à l'abry de ta protection,
Au moins s'il peut seruir à publier la gloire,
De ton Fils mon Saüueur, & garder ta memoire,
Mais receuant l'ouurage, accepte aussi l'ouurier,
Qui prendra desormais, ton Chesne pour laurier,
Ton heureux Montaigu, pour estre son Parnasse,
Et pour saincte fureur, ton Amour & ta grace:
Lors ma plume qui foible, a trainé iusqu'icy,
Mes escrits sur la terre, où ie rampois aussi,
Fendant l'Air portera, de ton ayde assurée,
L'escrit & l'Escriuain, sur la voûte azurée.

ODE DE LA RELIGION.

STROPH. I.

*Eaux iours que les deuotes Ames
Ont nommé les iours penitens,
Chaſſez de moy ces vaines Flames
Qui m'ont allumé ſi long temps:
Deliurez moy de leur ſeruage,
A fin que de mes libres vers
Ie vous puiſſe offrir vn hommage
Qui tonne par tout l'Vniuers,
Deſia la belle qui poſſede,
Celuy qui les rend immortelz,
La prié de les rendre telz;
Et des-ia le Dieu le concede.*

ANTISTROPH.

*Chaſtes beautez iadis couuertes,
De l'eſcorſe d'vn laurier verd,
Faictes que par vos fueilles vertes,
Le caché me ſoit deſcouuert,
Que leur vertu pouſſe ma plume,
A traçer mille beaux eſcrits,
Tandis que ce feu qui r'allume,
Le iour de tous les beaux eſprits,
Eſclaire le mien qui profonde*

Iusqu'au fond de l'Eternité,
Pour sçauoir à la verité,
L'Essence de l'Ame du monde.

EPOD.

Et toy Diuin œil des Cieux,
Qui prompt comme ta lumiere,
Fournis la ronde carriere,
Entre le Monde & les Dieux,
Prophete Sainct & parfait,
Contribue à cet effect,
Le plus beau de ta sagesse,
Afin que ces replis Thebains,
Soient tors par les belles mains,
D'vn Dieu & d'vne Deesse.

STROPH. II.

Comme ces grands Roys de la terre,
A la fin des combats affreux,
(Pour chasser à iameis la Guerre,)
Font quelque mariage entr'eux:
L'autheur de toutes les puissances,
Ayant faict dés le premier iour,
La Paix entre le cinq Essences,
Pour les maintenir en Amour,
Donne vne Espouse à la mesme heure,
A l'humaine posterité,
Qui Fille de sa Deité,
Sert d'Ame à la basse demeure.

ANTISTROPH.

Non de ceſt Ame vegetable,
Qui donne aux corps accroiſſement,
Non de l'autre preſqu'incapable,
Aux eſcailles tant ſeulement;
Et qui trouuant vne matiere,
Plus digne de ſes functions,
Paroiſt & parfaite & entiere,
En vnze fortes actions:
Non encores, dis-ie, de celle
Qui puiſſante en ſes facultez
S'eſgalle aux meſmes Deitez,
Qui de leurs mains la firent telle.

EPOD.

Ce n'eſt pas ceſte ame auſſi,
Que le Docteur Arabique,
Diſoit iadis eſtre, vnique,
Dans tout ce grand monde icy,
Et qui ne fut ſeulement,
Que dans le creux iugement
De ſa reſueuſe Ceruelle:
Celle à qui i'offre mes vers,
Allume tout l'vniuers,
D'vne flame ſaincte & belle.

STROPH. III.

C'eſt ce digne Feu dont Pandore,
Sentit la premiere chaleur,
Celuy pour qui l'Aigle deuore

Encores le premier voleur:
C'eſt , dis-ie, ceſt ardeur honneſte,
Qui mieux que la meſme raiſon,
Diſtingue l'homme de la Beſte,
En oſtant la comparaiſon:
Car il faut que la ſainɛte Dame,
Le guide touſiours par la main,
Et nul ne ſe peut dire Humain,
Qui n'eſt Eſclairé de ſa Flame.

ANTISTROPH.

Mais comme la Torche premiere,
Eſclairant la Terre & les Eaux,
Ofuſque de trop de lumiere,
L'œil foible de quelques Oyſeaux,
La ſainɛte en ces bas lieux venuë,
Dont tous les ſages ſont épris,
Guidant ceux qui l'ont recogneuë,
Pert ceux-là qui l'ont à meſpris:
Car ſi l'vn heureux s'acommode,
A la bonne Religion,
L'autre veut dans ſa Region,
En inuanter vne à ſa mode.

EPOD.

Le peuple qui voit leuer,
Andromede ſur ſa teſte,
Et qui reçoit à grand feſte,
L'eau qui vient ſes champs lauer,

Fut l'vn des premiers autheurs,
Des loix de ces Dieux menteurs,
Puis les Grecs suiuans son erre,
En adorant les humains,
Enseignerent aux Romains,
D'abaisser les Cieux en Terre.

STROPH. IIII.

Lors nostre saincte fut meurtrie,
Par cent mil Heretiques, Dards,
Et la damnable Idolatrie,
Acoucha d'autant de Bastards,
Que iettans sa vaine semence,
Au champ des plus debilles cœurs,
Y firent germer la croyance,
De tant d'esprits Faux & menteurs,
Desquels les trouppes infinies,
Se nõmoient Dieux pour les saisons,
Penates gardans les maisons,
Et guidant les hommes Genies.

ANTISTROPH.

Que dis-ie, les saisons, les Ames,
Et les maisons eurent des Dieux,
Mais encores les moindres Femmes,
En ordonnoient en mille lieux :
Aucuns à la garde des Portes,
D'autres au soing de leur Foyer,
Et en fin ces Ames peu Fortes,

Cherchans la Mer pour se noyer,
En ayant par tous les offices,
Qui seruent à l'Vtilité,
Les mirent à la vilité,
De toutes les sortes de vices.

E P O D.

Indiscret & folle Erreur,
Qu'on ne peut assez reprendre,
Quoy! l'œuure veut entreprendre,
De refaire son facteur?
Vn petit temps limité
Veut clorre l'Eternité,
Comme si l'insuffisance,
Qui va nos yeux rabaissant,
Balançoit le Tout-Puissant,
Au poids de son impuissance,

S T R O P H. V.

Tous ceux de la terre habitable,
Eurent le cœur empoisonné,
Du Fruit que leur raison Damnable,
Auoit en Enfer moissonné,
Excepté ceux de l'Idumée,
Où la pure deuotion
Auoit premier esté semée,
Par le bon tuteur de Sion:
C'estoit la Pepiniere saincte,
Du plan qui depuis droit & beau
Prit racine sur le tombeau,

De l'Erreur qu'il auoit eſtainte.
ANTISTROPH.

C'eſt là que noſtre aimable Dame
Exerçoit tous ſes beaux efforts,
Car bien que l'on doit trouuer l'Ame.
Entiere, en châque endroit du corps,
Si reluit - elle dauantage,
En la Teſte qu'aux autres lieux;
Comme on voit au plus haut eſtage,
Ordinairement tous les Dieux;
Mais en fin ſon œil qui rameine,
Le vray iour des Hommes bien nez,
Vient parmy les plus obſtinez,
Eſclairer l'Egliſe Romaine.

EPOD.

Puis eſtandant ſes Rayons,
Iuſqu'aux Françoiſes poitrines,
Y graua ces loix Latines,
Que par elle nous croyons:
C'eſt pour ceſte Region,
Qu'ores la Religion,
Ses plus dignes Fils enfante:
Auſſi le Roy Tres-Chreſtien,
Depuis ce temps l'entretien,
Glorieuſe & triomphante.

STROPH. VI.

O combien de fois les Eſpagnes
Ont veu leurs fertilles ſeillons,

Et leurs plus arides campagnes,
Heriſſer de nos Bataillons:
Qui grauãt au cœur de leurs villes
La Religion & ſes Loix,
Grauoient dans ces Ames ſeruilles
La terreur des Princes Gaulois:
Mais combien ont-ils forts & braues
Pour elle abatu d'obſtinez,
Et forcé de Rois mutinez
D'eſtre ſes Fils ou leurs Eſclaues?

ANTISTROPH.

Malgré l'infidelle deffence,
Ils ont dans ſon premier ſeiour,
Planté les-Fleurs de LIS *de France,*
Et replanté ſon ſainct Amour:
Leur bras eut borné ſon Empire,
Aux bornes du large vniuers,
Si la deuote qui reſpire,
L'Oliue & non les Lauriers vers,
En eſſuyant leur main trempée,
N'euſt dit (mes fils) quittez le Fer,
I'ayme cent fois mieux triompher,
Par la langue que par l'eſpee.

EPOD.

Car alors ces rudes Mars,
Auſſi pleins d'obeiſſance,
Que d'heur & que de puiſſance,
Quand ils eſtoient aux hazards:

Remirent leurs Legions,
Dans leurs propres Regions,
Et du Ciel tout debonnaire,
Comme docilles Enfans,
Et comme Heros triumphans,
Ils eurent double salaire.

STROPH.

Or entre les bien-faits extrémes,
Que nos Roys successiuement,
Eurent des puissances suprémes,
Pour auoir fait si dignement,
Apres vn grand nombre d'années,
Le ciel tirant ses larges dons,
Du beau vase, où les destinees,
Reseruent les rares guerdons,
Leur donna la fleur sainte & belle,
Qui nous produit en ces bas lieux,
Vn beau petit peuple de Dieux,
Et fut depuis nostre Cibelle.

ANTISTROPH.

C'est toy bel honneur d'Estrurie,
Digne present des immortels,
C'est toy belle & sage Marie,
Qui fais reuerer leurs Autels,
C'est toy qui n'aquiers pas moins
    d'ames,
Par ton exemple aux Deïtez,
Que par Amour tes belles flames,

En acquierent à tes beautez;
C'est toy qui fais calmer l'orage,
Dont le Ciel nous va menaſſant,
Soudain que vers le Tout-Puiſſant,
Tu tournes l'Ame & le Viſage.

EPOD.

C'est toy, dis-ie, que Paris,
Et tous les peuples de France,
Ont veuë en meſme eſperance,
Que le Monde voit Iris:
C'est toy Flambeau ſans pareil,
Qui ſeras noſtre Soleil,
Puis qu'il est caché ſous l'onde,
Tandis qu'en ſon Orient,
L'autre doux, ieune & riant,
Alume vn beau iour au Monde.

ODE DE LA MEDITATION.

STROPHE. I.

Chaste Vierge, ô saincte Muse,
Qui des beaux seiours estoillez,
Par la lueur qui t'est infuse,
Esclaires nos Esprits voillez:
Viens du chaut de ta viue Flame,
Oster les glaces de mon cœur,
Et distiller dedans mon Ame,
Ton Atique & douce liqueur,
A ce qu'auiourd'huy pour ta gloire,
Chantant la Meditation,
I'appende à ton intention,
Mon œuure au Temple de Memoire.

ANTISTROPH.

Celuy qui le Ciel & la Terre,
Forma de ses puissantes mains,
Qui de la Paix & de la Guerre,
Guerdonne ou punist les Humains;
Vn iour de sa Diuine veuë,
Penetrant le haut Firmament,
Les sept Planettes & la Nuë,
Regardoit le bas Element,
Où pour vn temps sa prouidence,

Par le conseil de son Amour,
Ordonna dés le premier iour,
Que l'homme feroit residence.

EPOD.

Quand il vit que l'animal,
Fait de sa main, digne ouuriere,
Retournant à sa poudriere,
Quittoit le bien pour le mal,
Et que son cœur esperdu,
Tesmoignoit auoir perdu,
La Bataille dangereuse,
Par qui le Monde, la chair,
Et Satan le font pencher,
Vers vne fin malheureuse.

STROPH. II.

Lors sa Deité (qui ployable,
Fut émeuë à compassion,)
Oppose son bras pitoyable,
A l'humaine perdition,
Et voyant la voûte azurée,
Dés le centre ce petit point,
Iusqu'où sa main l'a mesurée,
Du cercle qui ne roule point,
Considere de place en place,
Ce qu'il y a de plus parfait,
Pour acheuer vn grand effet,
L'enuoyant dans le bas espace.

ANTISTROPH.

Puis ayant tout bon & tout sage,
Esleu celle qu'il desseignoit,
D'enuoyer çà bas en message,
A ceux dont la perte il plaignoit,
Il fait resonner la parole,
Dont il crea cet Vniuers,
Au son de qui la Terre crolle,
Le Ciel, l'Air, le Feu, les Enfers,
Et soudain vne Ieune grace,
Fut prendre le commandement,
Qu'elle deuoit en vn moment,
Aller faire à l'humaine race.

EPOD.

Là viste comme vn Esclair,
Ou comme vn ailé Tonnerre,
Qui descendant vers la Terre,
Trouble le iour le plus clair :
Quand il eut finy le son,
Dont il faisoit la leçon,
A sa luisante Courriere,
Elle à chef bas deualant,
Ainsi qu'vn Aigle volant,
S'eslança dans sa carriere.

STROPH. 3.

Chasque Orbe au vouloir du Message,
Sa quinte matiere pressoit,

Et soudain fermant son passage,
Nul vestige n'y paressoit:
Pour le premier elle trauerse,
Celuy qui fait le mouuement,
Qu'apres beaucoup de controuerse,
On a nommé le tremblement:
Puis luy cedde ce grand mobile,
Par qui les autres plus petits,
Vont roüant la Terre & Thetis,
Chaque iour, tant il court habile.

ANTISTROPH.

Tost apres cestuy(luy fait place,)
Où ses Feux sont ferme attachez,
Qui tous les iours au bas espace,
Par le Soleil nous sont cachez,
Puis d'vne aile à demy serrée,
Passe Saturne & le Garçon,
Que iadis la prudente Rhée,
Cacha d'vne estrange façon,
Et de ceste agile vollée,
Où le Tout-puissant l'adressa,
Mars le sanglant elle passa,
Tousiours tendant vers la vallée.

EPOD.

Celuy d'où le rouge teint,
Darde vne chaude Estincelle,
Et qui fit arrester Delle,

Com-

Comme iadis on a feint,
Pour obeïr au grand Dieu,
Se fendant par le milieu,
Luy fit foudain vne porte,
Venus, le grand Meffager,
Et l'Amante du Berger,
En firent de mefme forte.

STROPH. 4.

Lors d'vne pointe auffi legere,
Que le cheual du Pere vieux,
Cefte luifante Meffagere,
Efloigne le globe des Cieux,
Tirant à la Zone torride,
Elle paffe le feu leger,
De qui la froide Piralide,
Ne craint le chaut, ny le danger;
Puis ouurant l'Air elle eft venuë,
Paffer au plus frilleux endroit,
Qui foudain r'adoucit le froit,
D'où fouuent il glace la Nuë.

ANTISTROPH.

Finalement elle s'abaiffe,
A la mondaine Region,
Et treuue l'homme qui delaiffe,
(Pour le bien) fa Religion,
Ce grand Pere à la main feconde,
Là n'eftoit nullement cogneu,

D

Ny moins le vray Sauueur du mõde
Qui pour nous çà bas est venu,
Mais cette Erreur elle reforme,
Et le chaßa soudainement,
Qu'elle eut montré tant seulemẽt
Les beaux traits de sa belle forme.

E P O D.

Ses Bras, son coude, sa Main,
Son Front, sa Leure, sa iouë,
Son Poil qu'en treße elle nouë,
Son col, sa gorge, son sein,
Son port, son corsage droit,
Sa iambe, & son pied estroit,
Son air, sa voix, & son rire,
Tout estoit fait de miroir,
Dans lequel chacun peut voir,
Ce que ie m'en vay d'escrire.

S T R O P H. 5.

On y voyoit la digne eßence,
De la Diuine Trinité,
Et comme toute sa puißance,
Peut demeurer en vnité,
Puis estoit là descrit par Rolle,
L'œuure de ce grand Vniuers,
Qu'en six iours sa saincte parolle,
Orna de tant de traicts diuers :
Mais sur tout n'estoit mis derriere,

(A fin d'oster la vanité,
A l'homme) que la Deité,
Le fit d'vne vile matiere.

ANTISTROPH.

On voit apres l'ingratitude,
De nostre premier pere Adam,
Qui fist de sa Beatitude,
Eschange auecques nostre Dam,
Là d'vne encre doublement noire,
Est pourtrait l'Enfer douloureux,
Où pour esternelle memoire,
Estincelle vn Feu rigoureux,
Dans lequel la haute Iustice,
Execute d'vn bras puissant,
Son Arrest iuste en punissant
A iamais l'humaine malice.

EPOD.

Dans la meditation
(Ainsi se nommoit la sainte)
De Iesus Christ estoit peinte,
L'heureuse Incarnation,
S'y voyoit d'autre costé,
Son humble natiuité,
Sa vie estrange & penible:
Puis comme bon il voulut,
Acheuer nostre salut,
Par sa mort, dure & Terrible,

STROPH. 6.

Encores ceste aymable Dame,
Nous mõstroit dãs son beau Cristal,
L'indicible loyer de l'ame,
Qui pour le bien quitte le mal:
Là de cent traits elle crayonne
La ioye, & le contentement,
Du sainct qui dans le Ciel Rayõne,
Pour auoir vescu saintement,
Estant bien pleine d'asseurance,
Qu'elle dechasseroit l'erreur,
S'armant du glaiue de Terreur,
Et du bouclier de l'esperance.

ANTISTROPH.

Soudain que l'homme considere
L'aspect de ceste Deité,
Voyant mystere sus mystere,
En sa face representé,
Il va reueiller son courage,
Qui trop long temps auoit dormy,
Resolu de vaincre l'orage,
D'où l'accabloit son Ennemy,
Et choisissant la Foy pour Armes,
L'Esperance, & la Charité
Il sortit de captiuité,
Rompãt les prisons & les charmes.

EPOD.

Ainsi par les trois vertus,

De l'Amour saincte & profonde,
Sathan, la chair & le Monde,
Furent au Monde abatus ;
Ainsi la belle action,
De la Meditation
Remit l'homme au premier Estre,
Ainsi montra l'Eternel,
L'effet du soing Paternel,
Heureux qui sert vn bon Maistre.

LES LARMES DES FILLES
DE IERVSALEM.

Andis que tous en Feu, les Hommes Idumeés,
Auoient d'Ire & de Fer l'Ame & les mains
Contre le Dieu Humain :   (armées,
Leurs Femmes distiloient vn Ocean de larmes,
Et maudissant l'Enuie, & ses damnables Armes,
S'en desarmoient le Sein.

Par vne impieté bien extraordinaire,
Ces Loups ayant lié, cest Agneau Debonnaire,
Le trainoient rudement :
Et luy par la pitié, de ses mortelles peines,
Ayant lié les Cœurs de ces Dames humaines,
Les tiroit doucement.

D iij

Soit que son doux Regard, sa Parolle, ou sa, Flame
Leur eust donné dans l'œil, dans l'oreille , ou dans
     l'ame,
Ainsi qu'il le pouuoit:
(Les yeux aussi trempez, que l'oreille attentiue,
Et que le Cœur ardant) plus mourante que viue,
Châcune le suiuoit.

O Femmes pleines d'heur , ô Maris miserables,
O pitoyables seings , ô cœurs inexorables,
Qu'estrange est vostre sort:
Femmes vous lamentez , éternisant vos vies,
Et vous riez (Maris) gaignant par vos enuies,
Vne eternelle mort.

Mais quel change, ces iours, tout en paix & en
     ioye,
Ces Filles tapissoient, à leur Prince la voye,
De Palmes & de Fleurs:
Et ores se faisant elles-mesmes la Guerre,
Toutes pleines de dueil, elles pauent la Terre,
De cheueux & de pleurs.

Filles ne cessez pas , mais changez ceste plainte,
Changez ces pleurs d'Amour , en des larmes de
     crainte,
IESVS vous le permet:
Car tãdis que vostre œil voit les maux qu'il endure,

Le sien Prophete voit, l'esplorée aduanture,
Que le sort vous promet.

Ne plorez plus sur moy (dit-il) ô deplorables,
Plorez, plorez sur vous, sur vos Fils miserables,
Et sur voftre Cité:
Car vn iour vous direz, du profond de vòftre Ame,
Heureufe en ces Malheurs, la fterille, & la Fame,
Qui n'a point alaitté.

Ainfi Prophetifa, ce tout fçauant Prophete,
La perte des Hebreux, & la trifte défaite,
De leur pauure Sion:
Puis peu de temps apres, fa main iufte & terrible,
Executa les poincts, de fa Voix infaillible,
Sans nulle exception.

Là tous ces mefmes yeux, & ces mefmes Oreilles,
Qui l'auoient veu fouffrir, & ouy les merueilles,
Qu'il leur Prophetifoit:
Les virent arriuer, & ouirent les plaintes,
Que (durant la rigueur, de ces dures attaintes)
Châque Ame luy faifoit.

O combien de fouspirs, & de larmes ameres,
Iettoient les Orphelins, les Vefues, & les Meres,
Pour ce mal merité:
Auffi leur fuft donné, par Famine, ou par Guerre,

Tout celuy que le Ciel, peut donner à la Terre,
Quand il est irité.

Vn ennemy rompoit, leurs Tours, & leurs Mu-
railles,
L'autre les rauageoit, dans les propres Entrailles,
Plus rude & furieux:
Que s'ils se défendoient de la Faim,& des Armes,
La Soif les estoufoit, s'ils ne beuuoient les Larmes,
Qui leur tomboient des yeux.

En fin la Ville est prise, & tout cede à l'espée,
Châque ruë est (des pleurs,des Esclaues)trempée,
Où bien du Sang des morts:
Et ce double Torrent,porte les Morts au Fleuue,
Et le Fleuue à la Mer, où son tribut se treuue,
D'Eau, de Sang, & de Corps.

Quelle exacte iustice, ô grand Dieu quel exĕple?
Elle passe par tout, le lieu mesme où ton Temple,
Estoit si sainct & beau,
Est destruit auiourd'huy,par ce qu'il t'est rebelle,
Sion qui fut iadis,si glorieuse & belle,
N'est rien plus qu'vn Tombeau.

Quatrains Contemplatifs pour les sept iours de la sepmaine.

Le Lundy, sur l'Incarnation de IESVS-CHRIST.

I

IE vois pour mon salut, au Ciel la Terre vnie,
L'Eternité prend estre, vn seul est Homme &
    Dieu,
Ce qui clost tout le monde, est clos en petit lieu:
Bref, ie vois l'infiny, dans la chose finie,

Le Mardy, A sainct Iean, sus la visitation saincte Elizabeth.

II.

Aussi grand en honneur, que petit en ton Estre,
Plustost Prophete, qu'hõme, eloquent sans parler,
Tu saluës sans voix celuy qui sans aller,
Te visite, & sans yeux te vient voir auãt Naistre.

Le Mercredy, Sus la Natiuité.

III.

O miracle! vne Fille enfante son vray Pere,
Elle porte celuy qui la porte en sa Main,

La Vierge a fait Enfant, Dieu naist d'vn Ventre
  humain,
Il est Fils de son œuure, & Pere de sa Mere.

Le Ieudy, Sus la Saincte Eucharistie.
IIII.

Le Facteur (de sa Main) se donne à sa facture,
Merucille, le Viuant est la viande des Morts,
Nostre Ame reprend vie, & se nourrist d'vn Corps,
Qui sans changer de face a changé de Nature.

Le Vendredy, Sus la Mort & Passion.
V.

Viuant ie vois ce mort, pour mort le voir en vie,
O mort de qui la mort r'auiue ces bas lieux,
Vif ie suis mort au monde, & mort viuant aux
  Cieux,
Si ta viuante Mort, gaide ma morte Vie.

Le Samedy, Sus la descente aux Enfers.
VI.

Celuy qui froit & mort, brusle de viues Flames,
Pour repeupler les Cieux, despeuple les Enfers,
En liant les Dæmons, il délie nos fers,
Et sa descente en bas, releue au Ciel nos Ames.

VII.

O Seigneur qui veuis, pour me faire reuiure,
Au grand iour que la Mort s'enfuira deuant toy,
Fais que mort au Peché ie sois viuant en Toy,
Pour sortir de la Terre, & dans le Ciel te suiure.

A LA REYNE

SVR LE LAVEMENT

DES PIEDS AVX
pauures, le Ieudy S.

STANCES.

CE n'est ta haute Majesté,
  Que ie d'escris (ô ma Princesse)
Ce bas son, chante la bassesse,
De ta deuote humilité.

Pour monter vers le Tout-puissant,
Tu descends des grandeurs du Monde,
Merueille à nulle autre seconde,
Qu'on fesleue en se r'abaissant.

Tu quitte (ces iours sollemnels)
Tes Sceptres & tes Diadémes,
Et pour eschange à l'heure mesmes,
Dieu t'en donne au Ciel d'eternels.

En lauant ces pieds innocents
Tu laues aussi ta belle Ame,
Et la purges de tout le blasme
Que nous recepuons pour les sents.

Ton œuure & le guerdon sont tels,
Que tout le monde les enuie,
Quoy gaigner l'immortelle vie,
En seruant des petits mortels?

Dieu defend l'vsure en ces lieux,
Mais il semble qu'il nous l'ordonne,
Quand pour vn peu d'Eau qu'on luy donne
Il donne le tresor des Cieux.

A SAINCT FRANCOIS.
SONNET.

Dieu que ton François, ce bon Religieux,
Se montre peu semblable, aux hommes de ce
Monde ?
Ceux-là ne sõt tournez que vers la Terre immõde,
Et tousiours celuy-cy cherche son Polle aux Cieux.

Ceux-là bruslent au Feu des impudiques yeux,
Et sont pris dans les Rets d'vne Perruque blonde,
Celuy-cy de ses yeux, fait distiller vn, Onde,
Et coupe ces Cheinons qui luy sont odieux.

Ceux-là se võt plaignãt de leurs blessures faintes,
Celuy-cy les demande en ses Prieres sainctes,
Ceux-là n'aiment l'obiet que pour le posseder :

Mais l'amour de François n'est rien qu'obeissance :
Car il cognoist tres-bien(ô Diuine puissance)
ue pour dominer tout il te faut tout ceder.

FIN.